LA

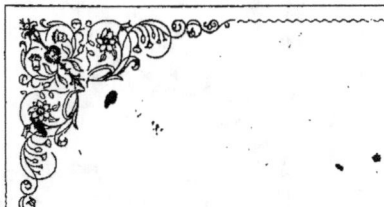

CRÉATION

DU GLOBE

(Ed. Emmerich)

STRASBOURG

IMPRIMERIE DE VEUVE BERGER-LEVRAULT

1860

LA CRÉATION DU GLOBE.

STRASBOURG, IMPRIMERIE DE VEUVE BERGER-LEVRAULT.

LA CRÉATION DU GLOBE.

Un jour dans l'univers (est-ce un jour qu'il faut dire?)
Un astre surprenant établit son empire,
A l'état de comète il apparut d'abord,
Même il eut quelque peine à se mettre d'accord
Avec dame Vénus, cette aimable planète
Qui brille avec l'éclat d'une jeune coquette;
Mercure de colère en paraissait tout bleu;
Saturne et son anneau se consolaient un peu;
Ce dernier ne pouvait offrir de résistance
Et par éloignement restait dans l'impuissance.
Les autres se voilaient pour cacher leur douleur
Et ne point admirer cette nouvelle sœur.
Détaché du soleil en disque proligère,
Cet astre si bien né prit le nom de la Terre.
Phébé la chasseresse eut avec Apollon
Une longue entrevue, où de contrefaçon
La terre eut le chagrin de se voir accusée,
De plus on la trouva gênante et mal placée,
Bref la lune entreprit sa révolution
Et d'être satellite obtint la mission.
Mais que se passait-il au centre de ce globe,
Que d'épaisses vapeurs couvraient comme une robe?
Un simple phénomène éprouvé tous les jours
Et qui dans la nature explique les amours:
Partout l'attraction exerce son empire,
A recevoir ses lios le monde entier aspire,

1860

Et son pouvoir s'étend fécond, harmonieux
De l'atome impalpable aux astres radieux;
Au moindre mouvement son action préside,
C'est en elle surtout que l'avenir réside.
Une ardeur dévorante amène à chaque instant
La transformation d'un chaos apparent,
Et travail incessant de la nature entière
L'éternité répond au cri de la matière.
Le temps et l'étendue, énigmes effrayants,
Ne peuvent se réduire aux calculs des savants;
Ils sont de l'absolu la plus parfaite image
Et de l'immensité l'étonnant apanage.
La vitesse imprimée à la rotation
De la forme du globe est la condition.
De riches éléments consacrent leur essence
Au développement de notre globe immense.
La tache embryonnaire, absorbant lentement
Ces produits affectés à son enfantement,
Allait en grossissant, et son noyau solide
Bientôt devait surgir au milieu du liquide.
Ce fut le premier âge et le point de départ
D'un avenir splendide et digne d'un regard.
A l'étoile du Nord un pouvoir invincible
Rattache notre sol par un lien sensible;
Étonnant par sa force et sa vive clarté
Ce principe énergique est l'électricité :
Son action produit l'étrange phénomène,
De l'oxygène allant se prendre à l'hydrogène,
Et séduits par l'exemple, il se fait qu'un beau jour
Le carbone et l'azote arrivent à leur tour.

La foudre étincelait au milieu des nuages,
En sillonnant les flots d'une mer sans rivages,
A l'horrible tourmente, à la plainte des vents.

Venait se joindre encor la flamme des volcans.
Ainsi bouleversé, le globe de la terre
Offrait de l'agonie un tableau funéraire ;
Mais de ce cataclysme aux sublimes horreurs
Et qu'éclairaient parfois de sinistres lueurs,
Allaient bientôt surgir les premiers promontoires,
Jalons tout naturels de vastes territoires.
Une eau presque bouillante et d'un aspect douteux
Formait une ceinture à ces tertres fangeux ;
Pendant que la vapeur rayonnant dans l'espace,
A l'air froid se changeait en pluie et même en glace,
Revenait vers le centre et tempérait l'ardeur
Du sol en fusion par l'extrême chaleur.
Dans ces flots attiédis et chargés de matières
Sur ces rochers trouant les flottantes tourbières,
La nature organique élaborait ses plans,
Assimilant l'atome aux atomes suivants.
Mystique avénement de la fibre vivante
Que la vibration de jour en jour augmente,
Et qui de la cellule arrive par degrés
A la formation de l'arbre et des forêts.
Admirables effets d'une cause invisible,
Désormais rien ne peut limiter le possible ;
Et ce nouveau produit dans la création
Avait fait à coup sûr quelque sensation.
Il fut bientôt suivi d'un autre que la plume
Se refuse à décrire, et qui d'un mot résume
Tout ce que la nature en vertu de ses lois
A fait naître d'horrible et de charmant parfois.

L'animal apparut, à l'instar de la mousse,
Sous forme de bourgeon ou de graine qui pousse ;
Infusoire, mollusque, acéphale, en tout cas
Il ne put se livrer à de nombreux ébats.

Sa vie était fort courte et sans le moindre charme,
Et sa mort ne faisait répandre aucune larme,
Du principe organique obscur représentant,
Ce premier-né du globe en fut le complément.
Sa petitesse extrême avait pour conséquence
De le mettre à l'abri de toute violence;
Cet être insaisissable, à l'imbibition
Devait sa nourriture et sa condition;
Mais il n'était point fait pour vivre seul au monde,
La nature voulut que vivace et féconde,
Son espèce couvrît les parages heureux
Qu'une mer plus tranquille avait unis entre eux.
Ces fragiles objets de recherche et d'étude
Offerts à la science, et dont la multitude,
La forme et l'origine ont frappé les esprits,
Dans un cadre restreint seraient fort mal décrits;
Il est vrai que parmi les choses difficiles
On devrait bien placer l'histoire des fossiles,
Ce vieux monde enfoui dont le bizarre aspect
Excite la surprise en forçant au respect.
Ce récit décousu cependant nous amène
A constater l'effet d'un simple phénomène
Bien connu sous le nom de scissiparité,
Ce mode primitif de sensualité.
Des siècles par milliers assistèrent aux phases
Par lesquelles passa le globe, et dont les traces
Sont visibles malgré les outrages du temps
Et ceux plus grands encor d'une foule de gens.

Et la terre gagnait toujours en étendue;
La matière autrefois dans les airs suspendue
S'était précipitée en forme de cristaux,
Pour apporter sa part aux continents nouveaux.
Mais le feu souterrain, étouffé sous la croûte,

Allait mettre en éclat cette légère voûte.
Ce n'est plus un cratère à faible impulsion,
Ce sont mille volcans faisant irruption,
Où les roches du fond brusquement enlevées
Transformaient les hauteurs en profondes vallées.
L'existence du globe était dans ce moment
Compromise et pouvait rentrer dans le néant ;
Vaste gouffre béant où des forêts entières
S'effondraient en brisant leurs antiques barrières.
Sous des torrents de pluie au sein de l'ouragan,
La nature arrivait à son plus large plan.
Il fallait, en effet, pour resserrer la trame,
Bouleverser le sol en répétant le drame.
« Le secret de la tombe est, pour les ignorants,
« Ce sphinx qui, chez les Grecs, dévorait les pédants.
« La science voulut flatter une puissance
« Qui ne lui donnera jamais sa confiance.
« Il faudrait, pour lui plaire, entrer dans un compact,
« De nature à rester tout à fait inexact ;
« Mais il existe encor des gens à vrais scrupules
« Qui trouvent les dévots poltrons et ridicules,
« Qui veulent tout savoir, même la vérité,
« Et ne tremblent jamais devant l'éternité. »
Voilà ce que disait un savant émérite :
Astronome, chimiste et vrai cosmopolite,
Qui, traversant le monde en simple observateur,
Regarde, écoute et juge en sifflant le menteur.
C'est à lui qu'il faudrait emprunter une page
Détaillant avec soin l'ère du second âge.
Sans se croire infaillible, il est toujours permis
De rendre moins obscur ce qui peut être admis.
Il vous expliquerait, que juste conséquence
Des ferments amassés et toujours en présence,
Il devait résulter certains rapprochements

Entre atomes pourvus de riches éléments.
Ce bouleversement, ce déluge effroyable
Pouvaient-ils garantir un avenir plus stable?
L'illustre géologue avait très-bien compris
Que l'équilibre était fortement compromis.

    La désolation régnait sur notre sphère;
Cette sublime horreur avait le caractère
D'une lutte insensée, où tous les éléments
Ensemble confondus dans ces déchirements,
Dans la destruction semblaient vouloir se plaire
Et se fournir entre eux tous les foudres de guerre:
Les roches de l'abîme éclataient dans les airs
Et couvraient, en tombant, quelques vallons déserts.
Les arbres, entassés sous les masses liquides
Des volcans souterrains avaient comblé les vides,
Et la matière alors sous cette pression
Allait entrer bientôt en fermentation.
Formé de détritus noircis dans la tourbière,
Cet âge fut nommé période houillère,
Et vint servir de base aux atterrissements
Propres à recevoir de nouveaux sédiments.
Le globe avait alors cet aspect monotone
Que, par un calme plat, la haute mer nous donne.
Au-dessus de l'abîme et des flots radoucis
S'élevaient de grands pics aux contours indécis.
Quoique nombreux, ces rocs sur l'immense surface
Ressemblaient à des points noirs perdus dans l'espace;
Ils formaient la charpente externe d'un grand corps
Et conservaient entre eux de solides rapports.
Tandis qu'aux alentours des roches volcaniques
Se groupaient de nouveau des êtres organiques,
Les anciens végétaux, comme sous des pressoirs,
Se transformaient en houille au fond des entonnoirs.

L'attrait du merveilleux toujours irrésistible
Devrait se renfermer dans la chose possible.
Ce que fait la nature est vraiment merveilleux
Et le surnaturel n'a rien trouvé de mieux.
L'impossible est revêche aux preuves immuables,
Tandis que la matière aux lois impénétrables,
Chaque jour plus prodigue en sujets attrayants,
Ne se dément jamais aux yeux des clairvoyants.
Sans interruption l'œuvre de contexture
Suit le cours éternel tracé par la nature.
C'est ainsi que le globe en ce temps diluvien
Aux âges postérieurs ne ressemblait en rien.

Lorsqu'un premier rayon de soleil put descendre
Sur le globe, où longtemps le jour se fit attendre,
Il éclaira la scène où des monstres affreux
Se poursuivaient sans cesse et se mangeaient entre eux :
Ces reptiles grouillaient au fond des marécages,
Lacs immenses bordés de lianes sauvages;
On était loin de l'heure où parmi les vivants
Il ne se trouvait pas d'animaux malfaisants.
Les premiers habitaient de charmantes coquilles
D'où sortirent bientôt d'innombrables familles.
Leurs cadavres serrés en masse au fond des eaux
Servaient de piédestal à des amas nouveaux.
Au tissu végétal ils donnaient la substance
Propre à développer une riche croissance.
Enfin, de jour en jour, sans interruption,
La matière animale en fermentation
Changeait, en l'élevant, la nature des choses,
Et remplissait l'emploi des effets et des causes.
La végétation prit un nouvel essor :
Ses fossiles nombreux sont visibles encor.
Ce fut l'avénement des poissons, des reptiles,

D'énormes batraciens et des ptérodactyles;
Puis de l'ichtyosaure aux appétits gloutons
Dévorant quelquefois ses propres rejetons;
Mais le roi de ces eaux fut le plésiosaure,
Ce terrible animal dont la faune s'honore,
Il dominait la foule, et d'un seul coup de dent
Broyait un gros reptile aux écailles d'argent.
Quelques sauriens volants planaient d'un air avide
Au-dessus des marais, et dans leur vol stupide,
Impropre à la distance, ils tombaient lourdement
Au milieu des roseaux, asile où bien souvent
Ils rencontraient la gueule énorme et méphitique
D'un aïeul du serpent marin de l'Atlantique.
A l'époque où vivaient ces monstres odieux,
Le plus utile organe était celui des yeux.
Ces bêtes qui fouillaient de profondes retraites
En avaient d'aussi grands que nos grandes assiettes.
En revanche il manquait à tous ces animaux
L'appareil qui devint l'orgueil de nos oiseaux.
Un léger sifflement de la trachée artère
Exprimait à la fois leur joie et leur colère.
Un seul, le batracien, par un semblant de voix
Rompait en coassant le silence des bois.
Et dans les profondeurs de l'Océan les squales,
Par bandes sillonnaient ces régions banales;
Amenés par les flots, d'énormes chéloniens,
Disputaient le rivage à d'horribles gardiens.

L'anthracite au charbon en servant de litière,
Des amas dévoniens s'adjoignit la matière,
Et de tous ces débris répandus à l'excès,
Pour couche supérieure il se forma le grès,
Sans compter le calcaire et les schistes nombreux,
D'ardoises, de micas, et les bancs siliceux.

La végétation s'y montra vigoureuse;
Envahissant la roche et la terre boueuse
Sur le pourtour des lacs, les prêles, les roseaux
Préparaient un asile à de grands animaux.
Et de chaque prairie aux naissantes fougères
S'élevaient par degrés d'énormes conifères.
Les plantes retenant les sables de la mer
S'étendaient à côté de l'algue au suc amer.
Les vers, les pucerons et les myriapodes,
Les insectes ailés, les mouches incommodes,
Pullulaient sur la terre ou rongeaient les rameaux,
Privés de la présence utile des oiseaux;
Mais leur tribu criarde apparut vers les âges,
Où le grès bigarré mêlé de coquillages
Succédait au grès rouge ou terrain pénéen,
Époque du premier vertébré : le saurien.

Avant de submerger cette structure ancienne,
Pour clore dignement l'œuvre antédiluvienne,
La nature engendra, par un suprême effort,
Des êtres d'une taille à défier le sort:
Elle vint à créer de ces grands mammifères,
De nos jours retrouvés dans les glaces polaires;
Des daims, des éléphants, surtout des paresseux
Accroupis lourdement au fond des arbres creux;
Le tapir, l'écureuil et le chéiroptère
Ce vampire au sanglant et triste caractère.
Il régnait sur la terre un éternel printemps
Et tout semblait devoir y vivre fort longtemps;
C'est qu'en effet toujours la fournaise centrale
Répandait sur le globe une chaleur égale;
Et que d'un pôle à l'autre une même action
Présidait sans obstacle à la production.
Les poëtes savants, fiers de leur métaphore,

Comparent cette époque à la déesse Aurore.
Mais un dernier déluge, en déplaçant les eaux,
Fit disparaître, hélas! bêtes et végétaux.
Quoiqu'au fond de la mer la matière solide
Subit la pression de l'atmosphère humide;
De l'électricité conducteur excellent,
Cette eau favorisa le grand soulèvement
Qui ranima bientôt la masse planétaire
Et sur les continents distribua la terre;
Dans la température un changement complet
Réduisit l'épaisseur du globe, et le trajet
Qu'il avait fait longtemps au travers de l'espace
Où par l'attraction chaque étoile a sa place.
La nature trouva d'autres combinaisons
Pour répondre aux besoins des nouvelles saisons.

C'est alors que survint l'époque singulière
Que l'on doit appeler période glacière;
Le futur organisme en fut le résultat
Et brille même encor de son plus vif éclat.
Les glaçons monstrueux fixés à chaque pôle,
D'énormes contre-poids jouèrent le grand rôle,
Et la neige durcie au faîte des plateaux
A l'horrible avalanche ouvrit ses arsenaux.
Mais le climat plus doux des zônes tempérées
Et le soleil brûlant des plaines diaprées
Formèrent cet Éden, berceau mystérieux
D'organismes nouveaux, de métaux précieux,
Terrains d'alluvion, c'est ainsi qu'on appelle
La couche survenue à l'époque actuelle.
Les limons ajoutés aux couches des vieux temps
Produisirent alors d'incroyables ferments.
Les germes, disposés pour la forme organique
Pour une même espèce, avaient un type unique;

Mais la race elle-même en sujets inégaux
Se révélait en foule et même par troupeaux.
Est-il besoin ici de citer les familles
De ces êtres dépeints par des plumes habiles?
Un seul pourrait prétendre à la description,
On le nomme : le Roi de la création.

La terre avait repris sa marche progressive
Et gagnait du terrain par sa force éruptive :
Une douce lumière éclairait le tableau
Que présentait alors ce monde tout nouveau.
Un déluge partiel, dernier moment de crise,
Modifiait encore quelque forme indécise ;
Mais le sol, sur sa base établi largement,
Résistait à ce court et faible ébranlement.
Ces nouvelles forêts couronnant les montagnes,
Ces fleuves traversant de riantes campagnes,
Ces fleurs au doux parfum et ces fruits délicats
Dont l'insecte et l'oiseau seuls faisaient leurs repas,
Tous ces charmants effets produits par la nature,
Qui transforme en merveille une matière impure,
Semblaient le dernier mot de la création,
Et touchaient, en effet, à la perfection.
Cependant un levain d'une essence suprême
Par ses affinités se formait de lui-même,
Ce germe était semblable à ceux des animaux,
Seuls les équivalents en étaient tout nouveaux ;
Il était composé de quelques molécules
Que la vibration fit changer en cellules ;
Déposé sur un fond d'argile frais et pur
Ce merveilleux produit se trouvait en lieu sûr.
Enfin sous un tissu formant des scapulaires
Se faisaient remarquer deux points embryonnaires ;
A grandir côte à côte ils étaient destinés,

Comme à vivre en commun ils furent condamnés;
Et le dédoublement de la moindre parcelle,
Chaque jour amenait une forme nouvelle.
Le même pédicule absorbait pour tous deux
Les sucs que renfermait ce terrain argileux;
En un mot, le premier placenta fut la terre :
Aux premiers animaux elle servit de mère.
La première enveloppe avait, en se doublant,
Formé l'allantoïde, et servait, en coiffant
Cet ovule déjà plus grand et plus visible
A le mettre à l'abri d'un incident nuisible.
Il se faisait du reste un travail intérieur
Donnant à pressentir un être supérieur.
Et la nature prit un soin plus qu'ordinaire
Pour donner à ce germe un noble caractère.
La membrane caduque et les trois chorions
Avaient déjà paru dans leurs proportions.
Les eaux de l'amnios, sortables à cet âge,
Servaient de nourriture et surtout de breuvage
A ces êtres plongés dans un profond sommeil,
Qui devaient un beau jour apparaître au soleil.
Ils avaient dépassé l'époque où d'ordinaire
Dans d'atroces douleurs la femme devient mère;
Mais à venir au monde au terme de neuf mois,
Leur perte était certaine et leur race aux abois.
Par les soins assidus de la bonne nature,
Un thymus bien nourri leur donnait la pâture;
Et cet état propice à leur accroissement
Favorisait encore leur prompt avénement.
Ce fut un beau matin, au lever de l'aurore,
Alors que dans les bois tout sommeillait encore,
Qu'une brise légère, effleurant les coteaux,
Agitait mollemeut la surface des eaux,
Et qu'enfin parvenus à l'époque fatale,

Qui devait terminer leur carrière fœtale,
Le premier homme, Adam, secoua ses liens
Au même moment qu'Ève allait rompre les siens;
Leurs yeux non exercés au jeu de la lumière,
Se trouvaient éblouis à cette heure première,
Par l'aspect merveilleux que le monde animé
Offre encor tous les jours à notre esprit charmé.
Puis les chants des oiseaux nichés dans le feuillage,
Et le bourdonnement de l'insecte en voyage,
Leur avaient révélé l'organe précieux,
Qui nous fait percevoir les sons mélodieux.
Au sens de l'odorat le doux parfum des plantes
Arrivait tour à tour de sources différentes;
Enfin le sens du goût quelque temps inquiet,
Par l'imitation se trouva satisfait.
L'instinct des animaux leur servit de modèle
Et les guida bien mieux que leur esprit rebelle;
Il vint souvent en aide à la faible raison
Qui se fortifiait par la comparaison;
Même au sens du toucher, si délicat du reste,
Il enseigna l'emploi de la main et le geste,
Ce mouvement si noble et parfois si touchant,
Que du verbe il devient le plus bel ornement;
Par lui se révéla le don de la parole,
Si grave chez les uns, chez d'autres si frivole;
Mais l'organe existait sonore et magistral
Chez l'être dominant tout le règne animal;
Et la langue d'accord avec l'intelligence
Sut donner à la voix la grâce et la puissance.
Écho de la pensée elle fournit alors
Tout ce que la mémoire a laissé de trésors.

www.ingramcontent.com/pod-product-compliance
Lightning Source LLC
Chambersburg PA
CBHW061427170626
46811CB00005B/2165